【第一句集シリーズ／Ⅱ】

千鳥由貴句集

巣立鳥

SUDACHIDORI
Chidori YUKI

ふらんす堂

序

千鳥由貴さんは、「香雨」の若手同人のひとりである。

俳句を始めたのは三十歳のときのこと。はじめは毎日俳壇で鷹羽狩行の選を受けていたが、三年後に「狩」に入会。本格的に俳句を学ぶようになった。そして二年後には雑詠欄の年間賞である「狩座賞」を受賞している。

その「狩座賞」を決定する際、狩行先生は私に、投句用紙の字からきちんとした人であることが分かるので心配ないと思うとおっしゃった。

確かに、毎月の投句を見ていると、作者がどんな人なのかだいたい想像がつくのである。乱暴な字を書く人に俳句の巧い人はいないというのが狩行先生の持論である。由貴さんは、狩行先生が見込んだ通りの方であり、同人として活躍の場を広げていった。

私も、由貴さんのことは毎日俳壇に投稿していた頃から注目していた。そして時々毎日歌壇にもその名前があったのを覚えている。由貴さんと短詩型との出合いは高校時代に遡る。在学していた京都の女子高で、歌人の故・河野裕子さんの講演を聞く機会があったのだという。それをきっかけに短歌に関心を抱き、自分でも作るようになり、毎日歌壇の河野さんの選歌欄に投稿し始めた。同時に、国語の授業で寺山修司を知り、大きな影響を受けたとのこと。大阪大学文学部に進学が決まると、寺山を研究しようと決意したというのだから、目的意識がはっきりしている。入学して日本文学・国語学を専攻した由貴さんは、初志を貫徹し寺山の短歌をテーマに卒論を書いた。寺山との出合いは短歌だったが、彼が作っていた俳句に触れることになるのも必然であり、新聞の歌俳欄に並んでいる俳句欄にも興味を抱くことになった。それが鷹羽狩行選の投句欄であったのは幸運であった。そして最初に述べた話につながるのである。投句を始めて四年後には毎日俳壇賞を受賞。由貴さんのような若い受賞者は珍しいことだった。由貴さんの実作は俳句一本にしぼられるようになった。

「狩」終刊後、由貴さんは後継誌「香雨」の同人となり、さらに熱心に俳句に取り組んできた。その姿を見て、これまでの作品をそろそろまとめてはどうかと奨めた結果、この一冊が誕生することになったのである。若いときに実作を始めた人が、ある程度のところで句集を持つのは良いことだと思う。

しばらくは巣を眺めをり巣立鳥

初期の作品にこんな一句がある。何やら、俳人としての成長過程にある由貴さんの姿を思わせることから、句集名にしてはどうかと提案した。

若い作者の特権ともいえるが、『巣立鳥』には子供の誕生前後から子育ての日々を詠んだ作品がたくさん収められている。

生まるるを乳房待ちゐる麦の秋
胎の子へ出したき暑中見舞かな

羊水のしづかに揺るる良夜かな

この三句は出産を控えている頃の作。最初の句は、わが子の誕生を待ちわびる心を「乳房待ちゐる」としたところに注目した。実りの季節を象徴する「麦の秋」がよい。ギリシャ神話の豊穣の女神アルテミスを思わせる作品になっている。
二句目は、大きなお腹を抱えて夏を越さなければならないのはさぞかし大変だろうと思いつつも、笑ってしまう。ユニークな発想である。
三句目は、良夜の趣を活かした味わいのある作品。出産がだいぶ近づき、静かに過ごしている日々を思わせる。

新春や子には雅号のごとき名を

産院に立つ門松の青さかな

年玉や生後二日の小さき手に

いよいよ赤ちゃん誕生。お正月生まれの長男に、「雅号のごとき名を」とは、これまた驚かされる。そして決まった名前は「景山」。確かに雅号にもなりそうな堂々たる名前だが、現在七歳の景山くん、その名前に抵抗があるらしい。小学校入学とともに「香雨」のジュニア欄に投句してくれるようになったのだが、ペンネームでなくてはイヤだと言い張った由。景山くんのペンネームは「ハッピーけいぞお」。自分で考えたのだそうで、その名前で時々ジュニア欄に投句がある。

沖を向き動かぬ吾子よ夏帽子

景山くんの姿が目に浮かぶ作品である。

もちろん、『巣立鳥』は子育ての句ばかりではない。

尾を振つて吠ゆる番犬桃の花

土間灯るごとし白靴置かれゐて

魚よりもその影あらは秋の水

このような視点の確かさも由貴さんの俳句の特徴である。『巣立鳥』を通して読むと、由貴さんの俳句は、対象を客観的に鋭く深く見ることから出発しているのが分かる。

一人立つ一人の影や秋の暮

重詰を地図のごとくに見渡しぬ

伴奏の教師を包む卒業歌

葛餅の影見当らぬ皿の上

餡パンに暗き空洞冬に入る

対象を見つめることは、やがて自分自身の内部にまで及んでくる。「秋の暮」や「餡パン」の句は、心の空洞に至るような孤独感を漂わせている。

俳句を始めたばかりの頃には見えなかったものが、いつの間にか見えてくる。それが俳句が分かるということだと思うが、すでに由貴さんの目は独自のものをとらえている。これからさらに感覚を磨き、さまざまなものが見えてくるのを楽しんでほしい。

由貴さんは文学の素養はもちろんだが、若い頃から茶道や箏を習うなど、日本の伝統的な文化に親しんできた。そうしたことも、俳句の世界の深まりに役立つに違いない。几帳面で何事にも正確さを追求しているように見える由貴さんだが、年齢を重ねるとともにゆとりをもち、つぎの世界に進んでいくことだろう。いっそうの活躍が楽しみである。

羽ばたきをためらふなかれ巣立鳥　　由美子

二〇二三年七月

片山由美子

目次

巣立鳥

第一章

元日や巨船をもやふ白き綱

一湾のひかりの中を初荷ゆく

初戎笹の下より呼ばれけり

主なきピアノに映り冬灯

大寒や犬のまなこの濡れてをり

まんさくにくすぐられたる思ひかな

ここからは真の山路や西行忌

象の檻囲ひて枝垂桜かな

木に見上げられ見下ろされ植木市

ときをりは地図を広げて青き踏む

尾を振つて吠ゆる番犬桃の花

住み慣れぬ街にひとりや花曇

突堤を楽しむごとく春の波

身ごもれることなど知らず磯遊

欄干を越えなば消えむ石鹼玉

春愁や銀紙まとふチョコレート

しばらくは巣を眺めをり巣立鳥

敷藁の玉座のうへの牡丹かな

先人に先人のゐて松落葉

生まるるを乳房待ちゐる麦の秋

紫の空となりけり花樗

あぢさゐの毬のたやすく水漬きけり

出目金もらんちうもゐて金魚草

蜘蛛の巣の全し天守閣跡に

くちなはの腹より落ちて物陰へ

小説にならぬ人生苔の花

梅雨晴やイーゼルを手に海岸へ

集落は遺構となりて合歓の花

雲海や国生み神話さながらに

歳月はここにも流れ蟬の穴

包装の色より青き氷菓出づ

滴りに遅れて音の生まれけり

風鈴をすべて鳴らしてひとつ買ふ

胎の子へ出したき暑中見舞かな

水引の花に祝はれゐるここち

夜学子の服に職場の匂ひして

白ききやう星のごとくに暮れ残り

街の灯とわれを隔てて虫の闇

名月や釉薬厚き楽茶碗

羊水のしづかに揺るる良夜かな

コスモスに迎へられたる渡し船

天高し笑むとも見ゆる鬼瓦

うんていの西に東に秋の雲

木には木の言葉のありて木の実降る

玄関の灯に底冷をふりはらふ

銃声のまた谺して冬の山

ゆたんぽは赤子の重さひしと抱く

第二章

産声にかき消されたる御慶かな

新春や子には雅号のごとき名を

産院に立つ門松の青さかな

年玉や生後二日の小さき手に

前髪を巻き上げ女礼者かな

まんまるにせよとの指図雪まろげ

竹馬やぢきに転校とのうはさ

砂洲の角ゆるみ始めて春隣

満ち潮を押し返したる雪解川

白魚の汲まれていよよ透きとほる

若布売る笊より塩の粒こぼれ

友禅を流すごとくに藻草生ふ

先細りしたる家系図鳥雲に

根分終へいつしか家にわれ一人

たんぽぽや稚はほほほゑむことを知り

肘で押す呼び鈴エープリルフール

日暮には明星を上げ花の山

けだるげに衣桁をすべり花衣

食ひ初めや歯のうつくしき桜鯛

みどりごの夜泣きの止みて遠蛙

新緑や展望台へ乳母車

育児書に引く傍線や明易し

沖を向き動かぬ吾子よ夏帽子

土間灯るごとし白靴置かれゐて

祖父に似て眉太き子や雲の峰

行水や吾子に盥の日々小さく

赤子には赤子のふぐり天瓜粉

溝蕎麦の砂糖菓子めく日和かな

露けしや読まれぬままの置手紙

夢でなほ吾子にかしづく良夜かな

特急の風にうねりて秋桜

魚よりもその影あらは秋の水

アトリエの卓上に盛る秋果かな

渡す間もビル風に揺れ赤い羽根

身構へてゐる間は鳴らずばつたんこ

豊年や切り頃となる稚の髪

一人立つ一人の影や秋の暮

柿すだれ越しに茶でもと呼ばれけり

紅葉且つ散りて枯山水あらた

行く秋や子のはひはひの堂に入り

記念写真撮り終へてまた着ぶくれて

留守番や風呂吹を煮る音の中

去り際に祈りの言葉クリスマス

第三章

元日や杉の香にほふ飼葉桶

湯の音の箴言めきて福沸

太箸のつがひのごとく並びをり

和菓子屋の名に吉の字や切山椒

金襴のうれしき重さ着衣始

部屋ぢゆうに散らばるおもちや日脚伸ぶ

立春やひと息に抜く躾糸

本屋にて便箋買ふも二月かな

門前の店に序列や冴返る

春寒やさりげなく問ふ次の職

横笛を吹けば伏目に春の雪

高き窓より日の差して卒業式

亀鳴くや勾玉に目のごとき孔

みづからの呼ぶ風に散り山桜

花は葉に吾子の名はやも書き慣れて

筍に長幼の序のごときもの

雨あかるし家族あかるし豆御飯

食みをれば鳥のこころにさくらんぼ

親よりも声しはがれて鳥の子

釣堀のわが影に糸垂らしをり

蛇と気づけば蛇のほか見えずなる

白鷺の沼より生ふるごとく立つ

散りぢりの蟷螂の子のそれつきり

文机の硬きに凭れレース編む

赤錆の大砲の向く雲の峰

飾り切り切りされて胡瓜が皿の隅

葛切や着物の話尽きもせず

秋蟬や子にも遠くに死のありて

教壇にチョークのかけら鳥渡る

椿の実みな嫁ぎたる三姉妹

マネキンの首しろじろと冬に入る

初雪をひとひら受けてベレー帽

枯野ゆく死者の声めく風の音

文末の店主敬白年の暮

一献に余る肴や年惜しむ

第四章

てのひらに何か触れゆく去年今年

日輪をかすめて飛びぬ初鴉

かんざしに富士の浮き彫り初鏡

歌声に堂のぬくもる弥撒始

ゆつくりと掛くる家宝や釜始

靴音の靴に貼りつく雪催

寒月や死のことを子に尋ねられ

見えてゐる遠き皇居や梅二月

葉をはづす人を見てをり桜餅

風光る吾子の手どこもやはらかく

しなやかに首つつき合ひ鳥の恋

アネモネや午後の眠気の突然に

焼菓子を並べて冷ます蝶の昼

争うて皆こぼれ落ち雀の子

走りきて水筒つかむ五月かな

みさぎの眠りの上を夏つばめ

おほぞらを平らに載せて蓮浮葉

跳躍の後のいななき青嵐

いしぶみの疫の字深し半夏生

さつぱりと老いたる伯母や葛桜

夏旺ん荷台に飼料うづたかく

空蟬を載せてのひらに血潮透く

水着きて波をおそれぬ子となりぬ

茶事のため露のまま剪る庭のものの

沈む日と邯鄲のみの岬かな

もう動かざる蜉蝣を風に捨つ

厩舎よりのぞく鼻すぢ初紅葉

北国の酒沁みやすし柳葉魚食む

息白くゲーテの詩集読みにけり

全天を引き絞りゐる寒オリオン

第五章

重詰を地図のごとくに見渡しぬ

我勝ちに土産を配り事務始

喪章巻く細き二の腕しづり雪

花屋より鋏の音や冴返る

啓蟄や南座前に蕎麦すすり

伴奏の教師を包む卒業歌

鳴くたびにうへ向く烏うららけし

朧夜や息もて払ふ文の塵

初蝶の近づくとなく近づき来

シーソーに子の脚余りはじめ夏

葉桜となりて枝垂れのことさらに

菖蒲湯やおもちやの船は陸に揚げ

花桐や昼はしづけき迎賓館

まづ鰭を断ち飛魚を捌きたる

船影のゆつくり過ぐる花蜜柑

代掻の泥へまつさかさまに鍵

泉に手浸し言葉を失ひぬ

箱釣の子にそこばくのお目こぼし

葛餅の影見当らぬ皿の上

ある日より浮かなくなりて浮いてこい

てのひらに残る爪あと昼寝覚

帰省子の声に遅れて現るる

天窓に触れてブーゲンビレア落つ

等分といふ美しさ新豆腐

魚捨てて波の騒だつ厄日かな

別荘の和洋折衷ざくろの実

交番の煉瓦造りや銀杏散る

餡パンに暗き空洞冬に入る

鉄鎖もて枯野と分かつ駅舎かな

夜廻りの近づき私語の聞こえくる

空越えて届く一通クリスマス

第六章

白山の思はぬ近さ初鏡

みづうみを賽の転がる絵双六

初旅や極楽鳥といふを見に

緑青の浮きたる銅貨春きざす

空っぽの水槽伏せて卒業す

舞ひ終へて息をゆたかに春の月

風を生むほどとなりたる落花かな

春陰や子の描くわれはいつも笑み

旅人に寄り来る島の子猫かな

多佳子忌や針の影濃き花時計

ほめられて宿題進むみどりの夜

蚊を打つて思ひをしばし蚊の占めて

ひとひらの雲より雨や合歓の花

土嚢まだいづれも白き登山宿

泣いて済む立場にあらず冷酒酌む

工場の屋根に黒猫夏の月

をさなごの樹が鳴くと言ふ油蟬

秋暑し午後の会議の長引いて

秋冷や尾をもつものは皆垂らし

遠目にも茶房と知れて秋の薔薇

秋風や子が初めての嘘をつき

毒茸の軸まで紅く人を待つ

樟脳のいささかにほふ案山子かな

学帽を投げつけられて稲雀

仕事終へ菊師に人の香の戻る

行く秋や大き鞄の画学生

石垣を出られぬ石や木の葉雨

鉄塔の刺さつてゐたる冬の空

炭斗に硬き音たて稽古前

藪巻や軍用ナイフいきいきと

病棟に掲示古りゆき冬の月

湯気の立つ側溝またぎ年の市

あとがき

『巣立鳥』は、平成二十三年から令和四年の十二年間に発表した句のうち二一八句を収録した、私の第一句集です。句集名は片山由美子先生がつけてくださいました。
それぞれの章は発表年代順に並べています。前半の章の句を詠んでいた頃には妊娠と出産を経験し、後半の章の頃には感染症の大きな流行に対処する日々を過ごしました。
句集の上梓にあたり、日頃ご指導を賜っている「香雨」の鷹羽狩行先生、片山由美子先生に心よりの感謝を申し上げます。片山先生がお声をかけてくださらなかったら、この句集が生まれることはなかったでしょう。また、ともに学ばせて頂いている句友の皆様にも厚くお礼申し上げます。特に、私が福岡にいた時期には、「香雨」の前身である「狩」の福岡支部の先輩方から、俳句の基本を丁寧に教えて頂きました。その教えは今も私の中で息づいています。本当に、感謝の念に堪えません。
私を日々支えてくれている主人と息子にも万謝の思いです。
皆様からのご恩を深く胸に刻みつつ、これからも俳句の道を歩んでいこうと思います。

令和五年八月

千鳥由貴

著者略歴

千鳥由貴（ちどり・ゆき）

昭和55年7月17日　奈良県生まれ

平成26年　「狩」入会　鷹羽狩行、片山由美子に師事

平成27年　毎日俳壇賞

平成28年　狩座賞（新人賞）
同年より「狩」同人

平成31年　「狩」終刊に伴い、後継誌「香雨」入会

現　在　「香雨」同人、俳人協会会員、「香雨」若手通信句会「萌の会」幹事

現住所

〒662-0824　兵庫県西宮市門戸東町3-60-401

巣立鳥　すだちどり

二〇二三年九月一三日　初版発行

著　者　千鳥由貴

発行所　ふらんす堂

〒一八二―〇〇〇二　東京都調布市仙川町一―一五―三八―二F

電　話　〇三（三三二六）九〇六一

FAX　〇三（三三二六）六九一九

URL　http://furansudo.com/

E-mail　info@furansudo.com

振　替　〇〇一七〇―一―一八四一七三

発行人　山岡喜美子

装　幀　和　兎

印刷所　日本ハイコム㈱

製本所　日本ハイコム㈱

定　価　本体一七〇〇円＋税

ISBN978-4-7814-1572-7 C0092 ¥1700E

第一句集シリーズ